AF481460

Raffaella Natale

Si sólo un día pudiera...

◆

LA VIOLENCIA CONTRA LAS MUJEŔES

EDIZIONI WE

Imagen de la portada
Marisol Guce

Ilustracion del libro
Raffaella Natale

Traducido por
Paola Codazzi
Johana Laura Mendez

ISBN 979-12-5497-098-0

©2023 Edizioni WE di Nicola Bergamaschi
Via Paulli 10/A – 26015 – Soresina (CR)

www.clickpertutti.com
www.edizioniwe.com
www.facebook.com/edizioniwe
www.instagram.com/edizioniwe
info@edizioniwe.com

Prefacio
por Johana Laura Mendez

- I -

Escribir sobre el maltratamiento no es solo algo difícil, es un acto de coraje y Raffaella Natale elige un modo muy especial para hacerlo conscientemente sin dar un nombre al maltratador o a la maltratadora, los transforma en una Entidad que podría poseer indistintamente un hombre o una mujer.

Aunque si en este libro se hace referimiento a las mujeres como "victimas" la escritora nos deja muy claro que las victimas pueden ser también los hombres, o sea que no hablamos de genere sino de personas, porque la "Entidad maltratamiento" puede alcanzarnos a todos y todas sin distinguir cultura, lugar de nacimiento o recursos económicos, nos hace también pensar el hecho negativo que los une a todos, o sea "el silencio de los inocentes".

Raffaella ha transformado su canción en narración y con esto ha logrado pasar desde el susurrar, al hablar, llegando hasta el gritar un "NO", es así que la autora nos encamina reflexionando, para abrir los ojos del corazón, recordándonos la importancia de la unidad y el cuidado entre las personas y también lo maravilloso que puede ser el ser humano.

Johana Laura Mendez

__ Johana Laura Mendez:__ escritora chilena e Italiana pluri publicada y que ha tenido como mentor a Luis Sepúlveda, artista plástica es presidente del Colectivo Interculturale Tierra en Italia.*

Introducción
por Raffaella Natale

- III -

Nunca hubiera pensado escribir un libro y, en realidad, no fue idea mía, sino de mi padre, Filippo Natale.
En 2020, poco después de que mi sueño de grabar un disco se hiciera realidad, al mirarme mi padre me dijo: "¡Eres muy valiente! ¡Ahora sólo te falta escribir un libro!".
Siempre he tenido mucho en cuenta sus palabras. Si me había dicho que escribiera un libro, pensé que debía haber una buena razón para hacerlo y que merecía la pena.
En ese momento se abrió un cajón de recuerdos. Me acordé de que, unos años antes, mi amiga Antonella Valsecchi, al igual que mi padre, de repente me había preguntado:
"¿Por qué no escribes un libro?".
En ese momento no hubiera podido hacerlo, porque no sabía qué contar.
Había pasado el tiempo y las cosas habían cambiado: tenía la historia y más de un motivo para hacerlo. Convencida, como estoy, de que nada pasa por casualidad, cogí el teléfono y llamé a Antonella para decirle que necesitaba hablar con ella y que teníamos que vernos.
Creo que, al principio, frente a ese café, pensó que estaba loca. Al decir la verdad, ni siquiera se acordaba de que, un par de años antes me había sugerido que escribiera un libro. Sin embargo, Antonella, que es una mujer generosa y práctica, enseguida aceptó acompañarme en esta aventura.
Su ayuda fue extremadamente preciada para mí. Escribía, le enviaba el material por correo electrónico y el jueves por la

noche, con una taza de té de hierbas caliente por delante, juntas, comparábamos y corregíamos. Todo amenizado por las risas y por los ataques de su gatita tricolor Ariel.

¡Voy a extrañar esos momentos!

A ti, Antonella, y a Alessia Bergamini, periodista y amiga, que con paciencia ha hecho la última lectura y revisión de este escrito, vayan mi estimación y mi agradecimiento.

Este relato pretende centrar la atención sobre el fenómeno de la violencia contra las mujeres. La investigación sobre el móvil del asesinato, realizada por una joven policía, acompaña al lector a reflexionar acerca de las diferentes formas de violencia a las que son sometidas las mujeres y que, antes de acabar en violencia física o dar lugar a casos efectivos de feminicidio, pueden asumir la forma de coerción, tanto desde el punto de vista económico como psicológico.

El abusador le quita a la víctima su libertad y la aísla del mundo exterior, para poder conseguir un control total sobre ella, pero lo único sobre lo que nunca podrá tener un control definitivo es su alma, su arte, que seguirá viviendo incluso después de la muerte de la mujer misma.

Conscientemente, en el cuento, el abusador no tiene un nombre. De hecho, no quería que se le asociara ningún nombre a su figura.

Además, es preciso recordar que, aunque en el libro es el hombre quien representa al verdugo y la mujer a la víctima, también hay casos en los que los papeles se invierten.

Así que esta quiere ser una denuncia contra toda forma de violencia, contra todo lo que mortifica al ser humano y su libertad y que, en ocasiones, puede acabar en un final trágico como la muerte.

No sólo el alma de la víctima, sino todos los personajes son los protagonistas en este libro ya que, al igual que en la so-

ciedad, cada componente tiene su papel esencial.
Lamentablemente, mi padre falleció hace poco tiempo y, por lo tanto, nunca podrá leer este cuento.

♫ ♩

canción sugerida:
Fino all'ultimo respiro

♫ ♩

En sus últimos días de vida, cuando aún estaba consciente, pude contarle la historia y leerle algunos pasajes.
Me conocía bien y sabía que cumpliría con mi promesa.
Mi deseo es que esta lectura les resulte agradable y pensativa a la vez, y que pueda ser un punto de partida para seguir en esta lucha, todos juntos, sin distinción de género, como simples y maravillosos SERES HUMANOS.

¡Con sumo agradecimiento!
Raffaella Natale

Si sólo un día pudiera...

a mi padre Filippo Natale

Las canciones de Raffaella Natale son una guía en este libro
y las puedes escuchar en Spotify o simplemente buscarlas
en el Web

En las últimas páginas el lector encontrará el código Qr
para escucharlas directamente.

1. Fino all'ultimo respiro
2. Viecchio
3. El alma es la que grita adentro
4. Con i tuoi occhi
5. 'O paraviso
6. Cercami
7. Si sólo un día pudiera

I
"El Teatro Santa Anna"

Napoli es una ciudad verdaderamente rara.

Describirla casi es imposible, pero los que han estado ahí, aún tan sólo de paso, se han apoderado de sus olores, sabores, colores, pero, sobre todo, han intentado retratar a su gente. Napoli no es sólo una ciudad. Napoli es un estilo de vida, una filosofía, una manera de "estar en el mundo". Napoli es una realidad pura y dura entremezclada con la superstición. ¡Napoli es humana!

Y en Napoli, en un barrio de las afueras, en las laderas del volcán Vesuvio, se encuentran los restos del viejo "Teatro Santa Anna", cuyo letrero ya no se consigue leer.

Son las 15.22 y, como ocurre cada día desde hace algún tiempo, puntual se oye, entre las callejuelas del barrio, el sonido de un piano y, casi imperceptible, la voz de una mujer que empieza a cantar.

Muchos han intentado desvelar el misterio, pero nadie ha hallado respuesta.

Lo único en lo que siempre han coincidido es que la triste melodía procede de las ruinas de aquel teatro abandonado.

Los vecinos del barrio desde hace mucho tiempo se habían acostumbrado a este raro fenómeno que, durante algún tiempo, hasta había llamado la atención de la prensa y de las televisiones, y no solamente las locales, pero que, como todas las noticias que se precien, había terminado por ser olvidada.

La opinión común estaba dividida entre los que pensaban

que era una broma, obra de algún gracioso napolitano muy imaginativo, porque se sabe que los napolitanos son personas que tienen un fuerte sentido del humor, y quienes, en cambio, suponían que se trataba de la presencia de verdaderos fantasmas.

En la cafetería de enfrente del teatro, donde la imagen de San Gennaro y un póster de Maradona estaban colgados juntos en la pared detrás del cajero, como en una cohabitación pacífica entre lo sagrado y lo profano, las personas mayores solían encontrarse para jugar a los naipes. No era inusual presenciar unas discusiones muy acaloradas, hábilmente gestionadas por Gino, el dueño del establecimiento. Un hombre siempre sonriente sobre los sesenta, con el pelo canoso mantenido en orden por una cantidad exagerada de brillantina, bien peinados hacia atrás, y un hermoso bigote. Cada día Gino llevaba puesta una clásica camisa blanca y un pantalón negro, bien planchados por su esposa Titina que, como un halcón, se encargaba tanto de la caja como de su marido.

En aquella cafetería había quien manifestaba que había visto fantasmas de cualquier tipo merodear por las callejuelas del barrio; quien aseguraba que había presenciado a un auténtico desfile de hombres y mujeres en trajes elegantes quienes, de bracete, acudían al teatro para el espectáculo nocturno; quien juraba y perjuraba que había oído gritos espantosos en al noche o escalofriantes carcajadas.

♫ ♩

canción sugerida:
Viecchio
♫ ♩

Había también quien no creía en nada de todo esto y, más bien, pensaba que era un gran disparate.

Es decir, cada mañana, en aquella cafetería, delante de un café, había verdaderos debates, como los que se desarrollan desde siempre entre los que prefieren la sfogliatella riccia (empanadilla de hojaldre) a la liscia (de pastafrola), y entre los que ni siquiera quieren oír nombrar el buñuelo llamado zeppola di San Giuseppe cocinado en el horno, porque lo consideran incomparable con el frito. Todos estaban, sin embargo, de acuerdo sobre el café, que hay que tragarlo hirviente y en la taza caliente, para que la diferencia de temperatura no le haga cambiar de sabor. Todo esto tranquilamente sentados y, mejor aún, bien acompañados.

De todas formas, a pesar de las suposiciones, la única certidumbre era que, en aquel teatro, cada día a la misma hora, pasaba algo raro.

Las dos grandes puertas de madera que formaban parte del enorme portal de entrada estaban sigiladas por una gruesa cadena de acero, cerrada por un candado igual de grande, en el que una pareja de enamorados había grabado las iniciales de sus nombres como para sellar su amor de una manera escénica.

El interior del teatro estaba bastante maltrecho aunque, en realidad, era el exterior la parte más destrozada.

Sobre la entrada colgaba una vieja lámpara que, en principio, debería haber sido un triunfo de cristales resplandecientes, pero que ahora estaba recubierta por un enredo de telarañas, y se había transformado en una comunidad de vecinos cuyos únicos habitantes eran arañas.

Lo que quedaba de la alfombra roja que conducía a la taquilla, había cogido la forma de un trozo de queso Gruyere; mientras el mostrador, como desecho de un naufragio, parecía haber sobrevivido a las inclemencias del tiempo entradas por las brechas que, durante años de abandono, se habían abierto en el techo del edificio.

A la derecha del mostrador una escalera subía hasta la primera planta donde se encontraban los camerinos y los aseos reservados a los artistas. A la izquierda, una puerta muy grande daba acceso al patio de butacas y una escalera, ahora muy peligrosa, permitía alcanzar la galería.

De los ochocientos seis asientos originarios, siempre ocupados por completo en el momento de resplandor máximo del teatro, sólo quedaban más o menos trescientos, todos por supuesto en muy mal estado.

De hecho, la mayoría de las butacas había sido destruida por el tiempo y por los actos vandálicos sucedidos en los años en los que el teatro, abandonado, se había transformado en un lugar de encuentro de camellos, pandillas y algún vagabundo.

Las repetidas denuncias de los vecinos del barrio habían llevado las autoridades a decidir su cierre y a una intensificación de los controles por parte de las fuerzas de seguridad.

La zona más atractiva del viejo edificio era el escenario, a pesar de que el viejo telón de terciopelo rojo se hubiera transformado en una especie de sábana harapienta colgante del techo y muchas tablas del mismo escenario habían sido arrancadas.

En el centro de la tarima, tumbado como un mendigo cansado, el viejo piano de cola de color negro.

Raffaella Natale

II
"El Alma que canta"

♫ ♩ *canción sugerida:* ***El alma es la que grita adentro*** ♫ ♩

El reloj marca las 15 horas y 22 minutos y ahí viene el alma de una mujer con pelo largo y rubio, envuelta en un lujoso vestido azul, se sienta en el piano y empieza a cantar.
Cada día, a escondidas, las almas de tres amigas suyas acuden puntuales para escucharla.

Carmela, la más mayor, siempre había sido la más ostentosa. La melena roja y esponjosa le caía sobre los hombros, los labios carnosos que el pintalabios rojo como el fuego, hacía aún más provocativos, ojos de color verde esmeralda, igual que el vestido que llevaba, y el rostro iluminado por dos firmes pinceladas de un rubor del color del melocotón.
El corte del vestido y el escote profundo acentuaban un pecho y un cuerpo prósperos.
Antonietta, en cambio, se destacaba por su aspecto majestuoso. Delgada, de rasgos finos, el pelo moreno siempre ordenado y un maquillaje extremadamente sobrio. Su esbelto cuerpo estaba envuelto en un vestido de tubo azul de mangas abullonadas y sus manos siempre cubiertas por largos

guantes de terciopelo. Le colgaba del cuello un simple, pero elegante, collar de perlas.

Y, finalmente, Pina, la más simple de las tres. Un vestido de estilo imperio color champán y dos pendientes de perlas, que representaban su único capricho. El pelo liso a la garzón, castaño, como el color de sus ojos y una bonita nariz a la francesa. Tenía una sola característica: un abanico siempre a mano, cuya función, más que refrescar, era la de cubrir su rostro y disimular el sonrojo debido a su excesiva timidez, cuando tenía que relacionarse con personas que no eran parte de sus amistades más próximas.

Mientras las tres almas estaban escuchando las dulces melodías de la misteriosa pianista, de repente, apareció detrás de ellas el alma de Filippo, el guardián del teatro.

Era un hombre de un metro y setenta de alto, más o menos, de complexión media, con un grueso bigote negro y un porte elegante, enfatizado por frac y cilindro en la cabeza.

"¿Que están haciendo aquí? - exclamo enfurecido el guardián dirigiéndose a las tres amigas - *Quiénes son Ustedes? ¿Quién les ha permitido entrar?"*.

Las tres almas, espantadas, intentaban contestarle, pero Filippo ni siquiera les daba tiempo a respirar y seguía imperturbable acosándolas con otras preguntas.

Finalmente fue Carmela, la más audaz y valiosa de las tres, quien se atrevió a interrumpirlo. *"¡Cálmese, por favor! ¡Se lo ruego! ¡No queríamos causarle ninguna molestia!"*, dijo la mujer.

Filippo se quedó un poco perplejo, puesto que no pensaba tener respuestas y ese instante fue suficiente para que Carmela empezara a contar su historia.

Las tres amigas se habían conocido por casualidad cuando, a los pocos meses la una de la otra, habían sido contratadas por una casa de modas especializada en vestidos de bodas. Carmela, que era la que más vena artística tenía, dibujaba los vestidos y recortaba los patrones de papel. Antonietta se preocupaba por empacarlos y coserlos, personalizándolos según la edad, el físico y los gustos de las clientes. Pina, en cambio, como tenía una paciencia inquebrantable, los embellecía aplicándoles perlas y encajes.

A pesar de que las tres mujeres tuvieran caracteres tan diferentes y que a menudo hubieran peleado tanto en vida que después de estar muertas, habían aprendido la manera de apreciarse y las unía una profunda y sincera amistad.

No solamente habían compartido los buenos momentos sino también los más difíciles. Especialmente la vida sentimental de las tres modistas no había sido fácil. Carmela, quien, al parecer, era la más audaz, en realidad era la más frágil.

Poco más que adolescente había conocido a un chico del que se había enamorado perdidamente. Lucio, así se llamaba, era guapísimo: tenía pelo moreno y ojos azules, cuerpo esbelto y atlético pero, sobre todo, aparecía amable y atento.

Sin embargo, el hombre estaba obsesionado con los celos. Cualquier cosa Carmela hiciera, él siempre tenía que controlarlo y autorizarlo todo.

Con el tiempo la situación se había vuelto peor y la única cosa que le permitía hacer era ir a teatro, una noche por semana, con sus compañeras de trabajo. La acompañaba hasta la entrada y volvía a recogerla para escoltarla a su casa. A la vista de todos esto parecía un acto de caballerosidad, en realidad era algo muy distinto y sólo representaba la voluntad obsesiva de un hombre sobre una mujer.

Antonietta tampoco había tenido mucha suerte, ni siquiera su aspecto de reina le había permitido encontrar su príncipe encantado.

Mauro, un joven de aspecto grosero y firme, se había ganado su corazón y Antonietta había aceptado su cortejo sin saber que muy pronto se arrepentiría de eso.

La tímida Pina, desde el punto de vista sentimental, había sido tan desafortunada como las dos amigas.

Sus padres la habían prometida en matrimonio a un joven médico de buena familia y la pobre mujer había llevado años desempeñando el papel de la hermosa estatua.

Era una novia que llevar a las fiestas y a los congresos, por supuesto sin derecho a palabra y, menos aún, a expresar su propia opinión.

Su prometido siempre establecía como Pina tenía que vestirse, peinarse y, hasta, maquillarse.

No sólo las unía la mala suerte en sus amores, sino también la pasión por la música y, cada sábado, las tres amigas quedaban para ir a escuchar a Sofia, la joven hija de

Luigi, el barbero de su barrio. Sofia era una chica muy guapa y sencilla.

Su padre había conseguido que estudiara piano en el famoso Conservatorio de Música San Pietro a Majella, pero la verdadera suerte para la joven había sido que un querido amigo le pidiera que lo acompañara con el piano mientras que él leía sus propios poemas precisamente en el Teatro Santa Anna.

Al director, quien había presenciado con curiosidad a la hermosa velada, le encantaron la habilidad de la chica y su presencia escénica. Así que, desde aquel día, cada sábado, Sofia siguió dando conciertos en el Teatro Santa Anna, consiguiendo un éxito muy grande.

Entre el público siempre estaban las tres amigas modistas, Carmela, Antonietta y Pina quienes, a pesar de que no tuvieran una vida sentimental muy feliz, estaban acostumbradas a la mundanidad.

Pero su situación financiera había cambiado de repente cuando el salón tuvo que cerrar debido al fracaso económico de su dueño.

De hecho, el hombre había despilfarrado todos sus bienes con el juego de azar; se había endeudado tanto que tuvo que recurrir a unos delincuentes locales y terminó en la cárcel. Tras buscar otro trabajo sin éxito, las tres amigas, ya reducidas a la pobreza, se habían encontrado por la calle, mendigas y habían elegido los sótanos del viejo teatro, que en los años se habían transformado en un grande almacén para disfraces, caretas y escenarios, como albergue. A pesar de todo esto, la pasión por la música no las había abandonado y cada sábado, a escondidas, iban a escuchar el piano y la voz de Sofia, cuidando mucho a que no las descubriera el guardián.

Hubo un momento de silencio y, de repente, las caras de las tres almas se pusieron tristes pensando en los momentos difíciles que habían vivido juntas en aquellos sótanos y en el consuelo que la música les había siempre dado.

Ese momento fue muy corto, reanudándose a la intervención de Carmela, tomó la palabra Antonietta, relatando como las tres habían seguido yendo a teatro incluso después de su muerte. Además de la pasión por la música aquel lugar representaba su casa.

De repente Antonietta fue interrumpida por la tímida Pina, quien, animándose, ondeando su abanico, le dijo al guardián: "*Perdone, Señor Filippo...*".

Las otras dos la miraron un poco perplejas porque nunca se había atrevido a interrumpir a alguien que estaba hablando, ni siquiera en vida.

Pero ella siguió: "*Llevamos muchos años viniendo aquí para escuchar al alma de Sofia que toca y canta en este teatro, siempre a la misma hora. Pero hay una pregunta que nos atormenta desde siempre: ¿Qué le pasó? Sabemos que el teatro fracasó debido a las deudas contraídas por su dueño, pero ella, desde hacía ya muchos años, no se había vuelto a ver. Hasta que una tarde esta dulce melodía llamó nuestra atención*".

El guardián, entonces, conmovido por la historia de las tres almas y sin poderle negar una respuesta a la tímida Pina, empezó a contar la triste historia de Sofia.

Un empresario local se había fijado en la joven y se había enamorado de ella precisamente en el momento de máximo éxito de su carrera. Después de un largo cortejo, Sofia había aceptado casarse con él.

El esposo, que inicialmente había sido particularmente cariñoso, resultó ser un hombre violento, y no sólo en palabras, y además un fanático del control.

Una noche de vuelta a casa después del trabajo, comenzó a discutir con la mujer.

La situación había degenerado tanto que el hombre, durante la pelea, había empezado a tironear a Sofia. Empujándola con violencia contra la pared de la habitación, donde la ventana que daba a la calle estaba abierta, la hizo caer al vacío.

Una joven policía llamada Camilla, que todos los días, terminado su trabajo en la Comisaría, recorría esa calle de regreso a casa, encontró el cuerpo de la mujer.

La joven policía había intentado reanimarla, pero la mujer había muerto instantáneamente.

La mirada de Sofia, perdida en el vacío y llena de terror, había afectado profundamente a Camilla quien, desecha en lágrimas, se había alejado después de esperar que llegaran los servicios de emergencia.

Antes de irse, sin embargo, la joven policía había notado que la mujer tenía un papel en su mano izquierda, en el que se podía leer "Si sólo un día pudiera…"

Raffaella Natale

III
"La Partitura"

Aquella noche Camilla no conseguía dormirse.

Seguía dando vueltas y vueltas en la cama y mirando el techo, con la imagen de esos ojos vidriosos abiertos de par en par imprimida en su mente.

¡Cuanto miedo y horror en aquella mirada ya sin brillo!

¡Quién sabe lo que significaban aquellas palabras escritas sobre el pedacito de papel que Sofia llevaba, estrechándolo en sus manos, con tanta fuerza como si significara la voluntad de agarrarse a la vida que le acababan de arrancar con violencia!

A la mañana siguiente el despertador no la cogió impreparada y, a las seis y cuarto, Camilla ya estaba rumbo a la Comisaría.

No lo hubiera querido nunca, pero tuvo que volver a pasar por la calle donde, la noche anterior, su vida había coincidido con aquella mujer, cuya imagen la atormentaba.

En cuanto llegó en ese mismo lugar donde había hallado el cuerpo, vio algunas ramas de flores que posiblemente amigos o familiares habían dejado.

Caminando muy rápido, tratando de apartar sus ojos y pensamientos de lo que había sucedido, Camilla se acurrucó en su abrigo negro y siguió andando a paso ligero.

Apenas llegó a la Comisaría, encontró esperándola a Beppe, quien le ofreció una taza del café que acababa de preparar.

"¡Cámbiate sobre la marcha! Tenemos que ir a la casa de la mujer que mataron ayer", dijo Beppe, pero, luego, añadió -

"El marido, después de haberse entregado y haber confesado que la había empujado fuera de la ventana, dijo que la mujer misma se lo había buscado. Luego se encerró en un silencio absoluto, negándose a explicar los motivos de su gesto. La Policía Científica ya ha hecho la inspección, pero vamos a intentar ver si hay algo que se le haya podido pasar por alto."

Después de tomar su café, los dos subieron a la vieja patrulla Fiat Panda y se dirigieron a la casa de la mujer.

Tras abrir los precintos de la puerta, enguantados y calzados, entraron en el piso donde parecía que el tiempo se había detenido.

Una pequeña entrada en la que, de la pared de la izquierda, colgaba un espejo con un marco blanco, sobre un mueble estilo años 60 del mismo color, con incrustaciones de nogal.

Raffaella Natale

A la derecha se abría un arco que daba al salón de estar. Un sofá de cuero y dos sillones alrededor de una mesita de vidrio, con una fuente de popurrí y una bandeja con caramelos y chocolates por encima, una mesa y una pared vacía que llevaba impreso el marco de un mueble.

Debían de haber pasado muchos años desde la última vez que habían pintado ese salón.

Sin más los dos siguieron inspeccionando la casa: dos cuartos de baño, un dormitorio de invitados y una habitación de matrimonio. Sí, la habitación de matrimonio…

Una cama de hierro forjado, unos cuadros en las paredes, un espejo, un armario empotrado y una cómoda.

Los dos policías comenzaron a buscar por todas partes, esperando encontrar algo que pudiera explicar el origen de ese acto de locura. Nada en el pasillo, nada en el salón de estar, nada en el baño y nada en la habitación de invitados.

Cada habitación estaba en perfecto orden, incluso el dormitorio principal.

Antes de salir de la habitación, Camilla empezó a abrir los cajones del armario. Rebuscando en el tercer cajón, moviendo una hermosa sábana de lino blanco con las iniciales de la pareja bordadas, escuchó un ruido extraño. Le pareció que era casi como de papel arrugado. Sacó la sábana del cajón, la abrió suavemente y justo entonces algunas hojas de papel cayeron al suelo.

La chica pronto se dio cuenta de que no eran simples hojas, sino las cuatro caras de una partitura, que llevaban escritas en tinta india las notas y la letra de una canción. Arriba a la derecha se leía: "Música y Letra de Sofía Aprea".

La mirada de se iluminó.

¡No podía ser una coincidencia! Absurdo…

Título de la canción: "Si sólo un día pudiera…". Eran las

mismas palabras escritas en el trozo de papel que la víctima estrechaba en la mano cuando murió: se había separado de la vida, pero no de esas palabras.

Camilla cogió el móvil y sacó una foto a las cuatro caras de la partitura y llamó a Beppe: "*¡Creo que he encontrado algo interesante!*".

Los dos guardaron cuidadosamente el hallazgo en una bolsa y enseguida se dirigieron a la Comisaría. Allí le entregaron todo a la Policía Científica, cuyo Inspector, enojado por el hecho de que los dos compañeros hubieran encontrado algo que a él se le había pasado por alto, respondió diciendo: "¡Sólo es la letra de una canción! ¡No es importante!", y se apresuró a guardar la partitura en el casillero de las pruebas.

En cuanto terminó su trabajo y volvió a casa, Camilla se sentó a su escritorio, conectó su móvil a la computadora e imprimió lo que había fotografiado. Se puso un cómodo chándal y se tendió en la cama sujetando aquellas cuatro hojas.

No entendía mucho de música, justo lo contrario, en realidad la única música que escuchaba era la que ponían en la radio cuando hacía algunos viajes en coche. Así que, empezó a leer el texto.

Los ojos de Camilla se llenaron de lágrimas. ¡Cuánta verdad en aquellas palabras!

Bajo el uniforme, se ocultaba una mujer que demasiadas veces no había podido expresar su feminidad, prisionera de un papel que muchas veces le quedaba un poco estrecho, pero que representaba todo su mundo, tanto que había abandonado el sueño de tener su propia familia.

Recordó que, seis meses antes, de regreso a su casa, había encontrado a Marco, su amor, el chico que creía que le cambiaría la vida, con el que había compartido once años, tres de ellos de convivencia, esperándola.

Pocas palabras: *"Traté de hacerte entender que quería verte más femenina. ¡Traté de hacerte entender que no podía soportarlo más! Pero ya sabes, no puedes evitarlo. Mira cómo te has reducido: ni siquiera sabes cuidar de ti misma. En tu vida, al final, ¿qué has logrado? Nada. ¡Adiós!"*. Camilla no había tenido la fuerza para rebatir. Como un autómata, sólo había tomado las llaves de casa y las había guardado en el armario de la entrada. Sin decir una palabra, había abierto la puerta y le había hecho salir.

Cuantos recuerdos había desencadenado en ella la letra de aquella canción.

¿Aquella mujer había experimentado sus mismas sensaciones? ¿Ella también había sido tan humillada por el hombre que amaba? Y ella también, mirándose al espejo cada mañana, ¿hubiera querido ver a otra sí misma, más femenina, más atractiva?

Una sonrisa amarga alumbró la cara de Camilla. ¡Qué raro! Ella también seguía preguntándose si, en el mundo, quizás en algún rincón escondido de su barrio, había un hombre que podría quererla por lo que ella era, dispuesto a aceptar todos sus miedos, sus inseguridades debidas a un pasado familiar que, por cierto, no la había ayudado a enfrentarse a la vida con suficiente confianza en sí misma. Camilla siempre tenía una radiante sonrisa.

Todos los que la conocían nada más podían ver, reflejada en sus ojos, sino la calidez del sol de Napoli. Sus ojos avellana centellaban a cada sonrisa que, sin embargo, al observar con más atención, revelaba mucho más. Nadie nunca se había preocupado de entender lo que había detrás de su aspecto, lo que escondía esa imagen de mujer fuerte y solar.

Nadie nunca había entendido el sufrimiento de una chica que había tenido que enfrentarse a la vida sola, para poderse alejar de una madre torpe quien, durante años, desde que era niña, la había humillado y la había hecho sentir un "don nadie".

♫ ♩

canción sugerida:
Con i tuoi occhi
♫ ♩

Quizás existiera en el mundo un hombre que hubiera podido verla como en realidad era y, precisamente por eso, quererla con toda su alma. Quizás incluso la víctima, a pesar de que estuviera casada, estaba buscando a un hombre como el que ella deseaba.

Los pensamientos de Camilla fueron abruptamente interrumpidos por Maya, su perro San Bernardo que, lamiéndole la cara, la devolvió a la realidad, recordándole que ya era la hora de salir a dar el paseo de cada día.

Tras calzar sus viejas zapatillas, desgastadas por años de caminar por el parque, Camilla se abrigó y salió de su casa, metiendo las cuatro hojas dobladas apresuradamente en el bolsillo derecho de su chaqueta. Nada más entrar en el parque, dejó libre a Maya, se sentó en un banco y volvió a leer la letra de la canción.

Verme si descalza me asomo
a una ventana y miro el
panorama aunque no hay sol.
Mirarme si yo río y ~~corro~~ corro
contra el viento, luchando en
esta vida que me ha quebrado
adentro.

"*¡Qué raro...!* - pensó Camilla - *¿Cuántas veces aquella mujer se habrá asomado a su balcón mirando el Vesuvio? Nunca hubiera imaginado que precisamente aquella apertura al mundo sería el camino que la llevaría a la muerte*".

¡El Vesuvio! Hermoso y, al mismo tiempo, peligroso, pero muy querido por todos los napolitanos, incluida Camilla.

Quizás si, pensando en su futuro, aquella mujer había encontrado la fuerza de sonreír a la vida a pesar de que siguiera en busca del verdadero amor.

Leyendo aquellas palabras Camilla no tuvo dudas: el matrimonio entre los dos ya había terminado desde hace bastante tiempo y Sofia había reunido el valor para escribir en forma de canción, todo lo que sentía y que no lograba, o quizás, no podía expresar abiertamente.

¡Ahora entendía que era el marco dejado por un mueble en la pared del salón!

¿Cómo es que no lo había pensado antes?

Seguramente allí donde ahora hay un marco, había estado un piano durante años.

Sin lugar a duda la mujer era una música. ¿Cómo puede ser que no se hubieran encontrado instrumentos musicales en aquella casa?

Con un silbato se apresuró a llamar a Maya que, mientras

tanto, estaba jugando con un labrador por ahí cerca. Luego agarró su móvil y llamó a Beppe. "*¡Tenemos que vernos, Beppe! Estaré contigo en diez minutos. ¡Baja, vamos a tomar un café en la cafetería debajo de tu casa y te cuento!*".

Sentada en la mesa de la cafetería, Camilla le contó a su compañero de trabajo sus sospechas y los dos decidieron, de mutuo acuerdo, que a la mañana siguiente irían a la Jefatura de Comisaría para hablar del tema.

Después de esperar unos veinte minutos, le hicieron pasar a la oficina del jefe Manna.

"*Entonces, díganme. ¿Qué pasó?*" - comenzó el oficial de Policía balanceándose en la silla de polipiel detrás del escritorio, que parecía una zanja, debido a los montones de papeleo que había sobre ella.

Camilla y Beppe le contaron sus sospechas acerca de la existencia de un piano en la casa de la víctima y de un nexo entre aquel marco en la pared y la muerte de la desdichada mujer. Por lo tanto, le solicitaron al jefe Manna poder ir personalmente a la casa de la mujer para pedirle más información a los vecinos. Se les concedió permiso, no sin cierta renuncia. Todavía no era la hora de cenar, pero, ya se sabe, los primeros días de noviembre empieza a oscurecer temprano... demasiado temprano.

Con un estado anímico empapado de melancolía, Camilla se acurrucó en el viejo sillón en un rincón del salón y encendió la lámpara que estaba sobre el mueble a su derecha.

Aquella lámpara nunca le había gustado, pero cumplía con su deber y no se decidía a tirarla, aunque la asociaba a un pasado que no le gustaba recordar.

Se cubrió las piernas con una vieja manta de lana que le había regalado su abuela, una mujer que había querido mucho y que había representado para ella la verdadera figura maternal. Lamentablemente la abuela había fallecido dos años antes dejándole, como único recuerdo, precisamente aquella vieja manta que muchas veces las había visto dormir abrazadas cuando era niña.

Cogió la partitura y siguió leyendo.

> Si sólo un día pudiera confiar en tu cariño, contarte ~~de~~ mis silencios, hablar de mis dolores. Ver dentro de tus ojos la luz de los ~~de~~ de un niño en cuerpo ya de hombre, de hombre verdadero!

¡La confianza!

♫ ♩

canción sugerida:

'O paraviso

♫ ♩

Esta palabra siempre despertaba cierto malestar en Camilla. Por su rol institucional ella representaba un punto de referencia para los demás, un punto firme para muchos compañeros, para sus vecinos, para los amigos, para la gente que encontraba por trabajo y en la calle.

Camilla era una muchacha fidedigna.

Pero … ¿qué era para ella la confianza? ¿Cuánta confianza había puesto en Marco y en su relación? ¿Seguro que no estaba preparada para formar una familia y que no podía cuidar de sí misma ni de su apariencia física?

Camilla empezó a recordar cuando ella y Marco se habían encontrado.

Acababa de graduarse, muy joven, sólo tenía veintitrés años y había viajado a Alessandria para atender el curso de oficial de Policía.

Lejos de su casa, había descubierto el significado de la palabra libertad: nueva vida, nuevos amigos, los primeros colegas y un trabajo que la había fascinado desde que era niña.

Primer destino, Comisaría de Torre del Greco, en Napoli.

Entre turnos de patrulla y salidas con amigos, había comenzado a aprender sobre la vida. E incluso en esta vida pronto había entrado Marco, un hombre mucho mayor que ella, que la había cautivado de inmediato.

Él era un conocido abogado criminalista en Napoli, al instante nació un gran entendimiento entre los dos. Después de sólo tres meses, se habían ido a vivir juntos y, al principio, su relación era tan hermosa que parecía posible solo en los cuentos de hadas, tanto que los amigos y colegas de Camilla se alegraban mucho por ella.

Sin embargo, las cosas habían cambiado muy rápido y las primeras señales de crisis no habían tardado en llegar.

♫ ♩

canción sugerida:
Cercami
♫ ♩

IV
"El Móvil"

En el quinto piso del edificio, en el rellano, frente al apartamento de la víctima, había un felpudo con una imagen de un gato y las palabras "YO VIVO AQUÍ".

Camilla sonrió pensando que nunca le habían gustado los gatos. Los consideraba los eternos rivales de los perros que, por el contrario, le encantaban.

Miró a Beppe y tocó el timbre.

Quien abrió la puerta era una mujer muy mayor, tendría unos ochenta años, poco más de un metro y sesenta de alta, con el pelo recogido por detrás en un ordenado rodete. Llevaba un par de pendientes de perlas, una blusa blanca que se asomaba debajo de un suéter rosa pálido y una falda gris humo que le llegaba justo debajo de la rodilla. En los pies, unas pantuflas de lana hervida del mismo color que la falda. ¡Cuánta elegancia en esa mujer! pensó Camilla.

Después de que los dos se calificaron, la anciana, presentándose como Beatrice, los invitó a entrar y los hizo sentar en el salón de estilo del siglo XIX, el reino de una joven gatita llamada Ariel. En aquella casa todo, cuadros, platería y muebles, daba la idea de elegancia, pero con moderación. Beatrice hizo pasar a Camilla y Beppe, y le ofreció una taza de té con unas delicadas galletas inglesas. Tras haber saboreado la bebida caliente, Camilla, con la extrema dulzura que la distinguía, comenzó a preguntarle qué sabía de su vecina y de la vida que llevaba con su marido.

Beatrice empezó a relatar acerca de cuándo la joven pareja

había venido a vivir en el palacio, de los primeros años en los que los veía felices. Aquellos mismos años en que la acompañaban las melodías que la mujer tocaba en el piano.

Cada mañana ella y Sofia se encontraban en la panadería de la esquina. Justo dos palabras para desearse un buen día y luego volvían a su vida. Sofía daba clases particulares de piano y la anciana, que era profesora jubilada, se pasaba los días leyendo.

Pero cada día, justo antes de despedirse, Sofia le preguntaba a Beatrice: "¿Qué quiere que le toque, hoy?". Regularmente, a la hora del té, Sofía se sentaba al piano y le dedicaba a la anciana vecina una pieza de Bach, Beethoven o Chopin, dependiendo del deseo expresado. A la larga, sólo era una forma cariñosa y discreta de acompañarse.

Pero las cosas habían cambiado después de los dos primeros años de matrimonio.

Todo había empezado cuando, una mañana, Beatriz no había encontrado a Sofía en la panadería. En un primer momento había pensado que estaría enferma, pero, tras un par de semanas sin que se produjera la cita habitual, había decidido preguntarle al panadero si tenía noticias de la joven. Él simplemente le había dicho que el marido le había pedido que entregara el pan a su casa todas las mañanas.

Pasaron días, meses y años y el sonido del piano se oía siempre menos, mientras se oían cada vez más los gritos del marido contra la mujer. Siempre había alguna razón para regañarla, a veces tan sólo por un objeto que no estaba en su sitio, o porque no encontraba algo. Un día Beatrice oyó ruidos y, desde la mirilla, vio porteadores que se llevaban el piano.

Convencida de que Sofía estaba muy enferma, le pidió noticias de ella a su marido, a quien encontró en el descansillo esperando el ascensor. La respuesta fue abrupta: "*¡Mi espo-*

sa está bien! ¡Adiós!" Final de la conversación.

Beatrice no se olvidaría nunca el tono de la voz de aquel hombre quien, estremeciéndose en su abrigo oscuro, le había contestado sin ni siquiera echarle un vistazo.

Sin embargo, en los días siguientes, a la hora del té, Beatriz seguía escuchando a Sofía que cantaba dulces melodías.

En ese momento de la historia, algunas lágrimas comenzaron a caer por las mejillas de la anciana, quien las limpió discretamente, con un pañuelo blanco bordado.

"Todo se terminó la noche en la que su marido llegó a casa antes del trabajo - siguió contando Beatrice - Sofía estaba cantando una canción con una voz tan melodiosa de la que nunca me olvidaré. Los dos empezaron a discutir. Oí sus gritos y luego nada más. Llamé al 112 para pedir socorro. Al cabo de unos minutos oí el sonido de las sirenas y por la mirilla vi que se llevaban a su marido esposado. Me enteré de lo que había pasado por la televisión y sus compañeros ya han venido a hacerme preguntas. Pero ¿qué quieren saber Ustedes?"

Camilla le mostró la partitura a Beatrice, quien, al leer la letra, se volvió a poner a llorar.

Beatrice les explicó a los dos policías que precisamente esa era la letra de la canción que Sofia estaba cantando la noche en la que su esposo la mató.

Aquella canción manifestaba todo el dolor de las que sufren violencia, el miedo y el deseo de poder volver a confiar en un hombre, el miedo a un abrazo, el miedo a una caricia. Temores que la joven mujer policía, aunque conmovida por su triste experiencia, no lograba entender bien. Marco, el que a todos les parecía el hombre modelo, en realidad más de una vez había usado la violencia psicológica para imponerle sus razones y hacerla sentir una nulidad, pero nunca había ido más allá de esto.

Pero ¿hay tanta diferencia entre la violencia física y la violencia psicológica? - pensó la chica - ¿Qué consecuencias ha traído a mi vida la violencia psicológica de Marco?".

La respuesta fue clara: ¡no hay diferencia!

De aquella relación Camilla había salido destrozada, sin ninguna confianza en sí misma. Ya no podía mirarse en el espejo, ni relacionarse con otro hombre. El miedo se había colado en cada aspecto de su vida: el miedo al fracaso, el miedo a no estar a la altura, el convencimiento de que ella era la equivocada.

"¿Otro poco de té?", la pregunta de Beatrice interrumpió sus pensamientos…

"No gracias, ¡creo que ya es la hora de irnos!", respondió Camilla, pero la viejita añadió: *"Esperen un ratito. Tengo que mostrarles una cosa"*.

Beatrice se paró y se dirigió hacia un mueble cubierto con un paño de terciopelo rojo, seguida por la fiel gatita Ariel. Con sumo cuidado y delicadeza quitó la tela.

¿Cómo no lo habían notado antes? Un hermoso piano vertical negro.

"*¡No puede ser eso!*", pensó Camilla.

En cambio ¡Sí! Era precisamente el piano de Sofia. El día en que Beatrice vio que los porteadores se lo llevaban, se puso en contacto con la empresa que se encargó del transporte y, conociendo el destino - una antigua casa de empeños en la zona de Herculano -, lo compró, esperando, algún día, podérselo devolver a su querida vecina. Aquella esperanza, sin embargo, había desvanecido con la muerte de la joven amiga.

Camilla y Beppe dieron las gracias a Beatrice y se despidieron de ella. El silencio marcaba el recorrido que los separaba de la Comisaría. Camilla no dejaba de pensar en el sufrimiento de Sofía y en la letra de la canción.

Al llegar al estacionamiento del cuartel, los dos compañeros se despidieron y se dirigieron a sus respectivas viviendas, sabiendo que detrás de esa muerte absurda había, como suele suceder a menudo, un amor enfermizo, irracional, basado en la posesión y la en la aniquilación de la otra persona.

¡Ahí estaba el móvil!

V
"On Air"

Simone era un muy buen arreglista que, para complementar su sueldo, había fundado junto con su amigo Loris, "Radio-Makkia". Era una pequeña emisora de radio, muy comprometida con los temas sociales, cuya sede estaba en una especie de sótano en el barrio Ponticelli. Simone era un chico siempre alegre, servicial y extrovertido, de pelo rubio, barba despeinada y unas gafas azules en la nariz, que le daban un aire algo intelectual. Padre de cinco hijos, con una gran pasión por la música y, en particular, por la guitarra, cuando no estaba ocupado con la radio, daba clases en una escuela de música o tocaba en vivo en varios clubes de la zona del Vesuvio.

Su amistad con Loris remontaba a la escuela. Unidos por un absoluto desinterés por estudiar, pero también por una gran pasión por la música, al finalizar los años de bachillerato y, tras un fracasado intento universitario, habían decidido cultivar su pasión, dedicándose a ella de forma exclusiva y fundaron "RadioMakkia". (*"makkia" suena como "macchia" en italiano y significa "mancha"*).

Come eran sumamente idealistas y tenían un fuerte sentido del deber y de la justicia, los dos muchachos habían decidido ponerle ese nombre, para simbolizar que la radio siempre tendría especial atención a los problemas que "manchaban" la hermosa ciudad de Napoli. La doble K, en cambio, significaba, en la jerga juvenil, que siempre estaría "Todo OK".

En contra de Simone, Loris era un chico huraño, reservado y

que hablaba muy poco. Su mayor pasión eran el canto y los vinilos. Tenía un sinfín de ellos, era un auténtico coleccionista. Cuando no estaba en la radio, cantaba en varios conjuntos musicales de la zona y, a menudo, actuaba en directo por la noche acompañado, con la guitarra, por Simone.

Camilla acudió a "RadioMakkia" unos meses después de que terminara el juicio al marido de Sofia, tras haber conocido a los dos muchachos en una de sus veladas musicales en vivo en el paseo marítimo de Mergellina. Tomaron un café juntos y fue entonces que les contó la historia de la desdichada Sofia.

El esposo de la mujer, después de algunas reticencias, había admitido que había matado a su esposa por no haber conseguido el control total sobre ella. Aunque él le había quitado todo lo que era importante para ella - familia, amigos, trabajo, música, libertad - Sofía había logrado conservar sus pasiones y había seguido tocando y cantando con la fuerza de su mente y de su corazón.

En lo más mínimo arrepentido por su acto descabellado, él siempre había declarado: "*¡Se lo buscó!*". Los chicos quedaron sumamente impresionados por la historia de aquella mujer y, tras echarle un vistazo a la partitura, Simone tomó la guitarra y empezó a tocar.

A los pocos minutos Loris empezó a cantar y, por primera vez, Camilla pudo escuchar la canción de Sofia.

"*¡Hay que grabarla! - dijo Simone - ¡Pero es una canción compuesta por una mujer y está bien que la cante una mujer!*"

Así que, pasados unos cuantos días, a Camilla se le ocurrió que Giulia, una colega suya, era muy buena cantante.

A menudo la había oído actuar en los karaokes o en las fiestas que organizaban en la Comisaría. Unos meses después, Giulia grabó la canción y, el 25 de noviembre del año siguiente, "Si sólo un día pudiera…" fue emitida por primera vez por "RadioMakkia". Desde aquel día, Giulia empezó a cantar la canción de Sofía en los teatros, en las radios, en la televisión, incluso en las escuelas, con el único objetivo de no apagar la atención acerca del tema de la violencia contra las mujeres y mostrarles a las víctimas el camino que seguir para poder salir del problema.

"¿Entonces esta es la historia del alma de Sofía?", preguntó Carmela, dirigiéndose a Filippo.

Las tres amigas quedaron literalmente hipnotizadas por la historia del conserje, de tal manera que no se dieron cuenta de que el alma de la artista ya no estaba sentada en el piano.

"*Sí! -* contestó Filippo - *Desde que se transmitió la canción en la radio, todos los días regularmente, a las 15.22 horas, el alma de Sofía aparece junto al piano y comienza a tocar y a cantar su canción".*

"*¿Por qué exactamente en ese momento?*", preguntó Pina. "*Será el momento en el que Sofía tocaba para su vecina*", contestó Antonietta.

"*No es por eso -* las interrumpió Filippo - *De hecho, yo también tardé mucho tiempo en entenderlo, ¡pero creo que el alma no eligió el momento al azar! Estoy convencido de que representa una advertencia para todas aquellas mujeres que sufren violencia todos los días. El 1522 es el número de teléfono que debió marcar Sofía para pedir ayuda, pero nunca tuvo el coraje de llamar".*

Las tres mujeres se pusieron pálidas y una capa de tristeza apareció en sus rostros. En un instante, los recuerdos de su pasado resurgieron con fuerza.

De repente un foco se encendió en el escenario, algo así como en un cruel giro del destino, y las palabras del guardián resonaron en el teatro: "Ahora conocen la historia de Sofía. ¿Pero Ustedes? **¿Acaso no están aquí por la misma razón?**".

♫ ♩

canción sugerida:
Si sólo un día pudiera

♫ ♩

Si sólo un día pudiera
entender la que yo soy y
cogida de tu mano, sentirme
MÁS SEGURA de que el hombre
que buscaba, si bien cierro
los ojos, está siempre JUNTO A MÍ

Con l'augurio che
ogni vittima di violenza
trovi il coraggio di andare oltre
le proprie paure, il senso di colpa
e la vergogna.
Nella consapevolezza che
non è mai troppo tardi per
chiedere aiuto e ricominciare a
VIVERE!

Con affetto
Raffaella Natale

*Deseando que cada víctima de violencia encuentre
el corage para superar sus miedos, la culpa y la verguenza.
Conscientes que nunca es tarde para pedir ayuda
y retomar la propria vida.*

*Con cariño
Raffaella Natale*

Biografía

Raffaella Natale nació en Torre del Greco (NA) y es ciudadana de Valtellina por elección. Se graduó en 1998 en Ciencias Políticas en el Instituto Universitario Oriental de Nápoles.

A los 23 años ingresó en Policía de Italia y participó en diferentes actividades de sensibilización contra el ciberacoso, la seguridad de mayores y niños y la violencia contra las mujeres.

Desde siempre aficionada de la música y de la pintura, es una cantautora comprometida que ha realizado múltiples conciertos en Italia y Colombia, compartiendo su obra y realizando además una intensa actividad de voluntariado cultural a nivel nacional y internacional.

Canciónes sugeridas

♫ ♩ *Fino all'ultimo respiro* ♫ ♩

♫ ♩ *Viecchio* ♫ ♩

♫ ♩ *El alma es la que grita adentro* ♫ ♩

♫ ♩ *Con i tuoi occhi* ♫ ♩

♫ ♩ *'O paraviso* ♫ ♩

♫ ♩ *Cercami* ♫ ♩

♫ ♩ *Si sólo un día pudiera* ♫ ♩

ÍNDICE

Si sólo un día pudiera...